organização
Yves Briquet

ilustrações
Carolina Studzinski

Os três Porquinhos

Lafonte

ESTRELANDO

IRMÃO MAIS NOVO
Um porquinho brincalhão e preguiçoso

IRMÃO DO MEIO
Um porquinho meio brincalhão e meio preguiçoso

IRMÃO MAIS VELHO
Um porquinho sábio e trabalhador

LOBO MAU
Um lobo faminto e metido a esperto

TRÊS PORQUINHOS VIVIAM FELIZES NA FLORESTA COM SUA MÃE. UM DIA ELA DIZ QUE É HORA DE CADA UM TER SUA CASA, MAS AVISA: "EXISTE UM LOBO NESTA FLORESTA. TENHAM MUITO CUIDADO". E ASSIM ELES VÃO TAGARELANDO.

OS TRÊS ESCOLHEM UM LUGAR NA FLORESTA E JÁ COMEÇAM OS TRABALHOS. O CAÇULA VÊ QUE POR ALI EXISTE MUITA PALHA E BEM LEVE PARA CARREGAR. TERMINARIA LOGO SUA CASA E PODERIA VOLTAR A BRINCAR.

O MAIS VELHO, LEMBRA O QUE A MÃE DISSE E DECIDE USAR TIJOLOS E PEDRAS, MESMO SABENDO QUE VAI DEMORAR MAIS E FICAR SEM TEMPO PARA BRINCAR. "UMA CASA FIRME E FORTE, LOBO NENHUM VAI DERRUBAR", PENSA.

O IRMÃO DO MEIO ACHA A CASA DE PALHA FRACA E A DE TIJOLO EXAGERADA. A SUA TERÁ MADEIRAS RECOLHIDAS DO CHÃO E AINDA SOBRARÁ TEMPO PARA ELE SE DIVERTIR. "QUER COISA MAIS DURA DO QUE UM GALHO DE ÁRVORE?", ELE FALA.

MESMO SENDO DIFÍCIL DE CONSTRUIR, O IRMÃO MAIS VELHO, CAPRICHOSO, OLHAVA SUA CASA COM ORGULHO. DECIDE COLOCAR UMA ENORME LAREIRA QUE, ALÉM DE AQUECER AS NOITES FRIAS, SERVIRIA PARA FAZER DELICIOSAS REFEIÇÕES.

O IRMÃO MAIS VELHO CONTINUA EM SUA TAREFA ENQUANTO OS MAIS NOVOS SE DIVERTEM E PROVOCAM: "VEJA COMO A GENTE TEM MEDO DO LOBO MAU", E SAEM DANÇANDO E CANTANDO, SEM PERCEBER O ENORME PERIGO QUE ESTÃO ATRAINDO...

O LOBO, ESCONDIDO ATRÁS DAS ÁRVORES, PENSA EM COMO FAZER AQUELES SALTITANTES PORQUINHOS PARAREM DIRETO NA SUA BARRIGA QUE RONCA DE FOME.

AO ANOITECER, O IRMÃO MAIS NOVO OUVE TRÊS FORTES BATIDAS À SUA PORTA: "BOA NOITE, SENHOR PORQUINHO, SOU UM VELHO CANSADO PRECISANDO DE UM COPO D'ÁGUA, POR FAVOR", DISFARÇA O LOBO COM VOZ ROUCA E UMA TOSSINHA.

O PORQUINHO LOGO PERCEBE A ARMADILHA – UM VELHINHO NÃO TERIA AQUELA FORÇA. TREMENDO DE MEDO, RESPONDE: "AQUI NÃO TEM ÁGUA, VÁ PROCURAR EM OUTRO LUGAR".

O LOBO, IRRITADO POR SEU PLANO FALHAR, GRITA: "ABRA ESSA PORTA OU VOU DERRUBAR TUDO". ENCHE OS PULMÕES E COM UM ÚNICO SOPRO FAZ A CASINHA VOAR PELOS ARES. O PORQUINHO APROVEITA A CONFUSÃO E CORRE PARA A CASA DO IRMÃO DO MEIO.

CONVENCIDOS DE QUE ESTAVAM EM SEGURANÇA NA CASA DE MADEIRA, ELES VOLTAM A BRINCAR E CANTAR. NA OUTRA NOITE O LOBO TENTA OUTRO PLANO. TOC, TOC, TOC: "BOA NOITE, VIZINHOS QUERIDOS. TRAGO DOCES DE BOAS-VINDAS, VENHAM PROVAR ESTAS DELÍCIAS... HUMMM".

OS IRMÃOS ESPIAM POR UM VÃO DA MADEIRA E, RECONHECENDO O CORPO PELUDO DO LOBO PASSAM A GRITAR: " VÁ EMBORA, SEU LOBO BOBO, VOCÊ NÃO VAI NOS ENGANAR!".

FURIOSO, O LOBO SOPRA UMA, FUUUUU, ENCHE O PULMÃO E SOPRA DUAS VEZES, FUUUU. NA TERCEIRA A CASA SE DESFAZ. OS IRMÃOS APROVEITAM A BAGUNÇA E CORREM PARA SE ABRIGAR COM O IRMÃO MAIS VELHO.

VENDO QUE AGORA PODERIA TER UM JANTAR RECHEADO POR TRÊS PORQUINHOS DE UMA VEZ, DECIDE FAZER UMA NOVA ARMADILHA. TOC, TOC, TOC: "OLÁ, PORQUINHOS, AQUI É O CARTEIRO E TRAGO UMA MENSAGEM DE SUA QUERIDA MAMÃE. VENHAM BUSCAR".

OS MENORES SE ENCOLHEM DE MEDO, MAS O PORQUINHO MAIS VELHO RESPONDE FIRME: "NÃO NOS ENGANA COM ESSE TRUQUE, SENHOR LOBO, NÃO VAMOS ABRIR A PORTA. VOLTE PARA A FLORESTA DE ONDE VEIO E NÃO NOS ABORREÇA MAIS"!

ENFURECIDO, O LOBO GRITA TÃO ALTO QUE FAZ A CASA ESTREMECER: "EU VOU FAZER TUDO ISTO VOAR PELOS ARES, VOCÊS VÃO VER". E PUXA TODO O AR QUE PODE, SOPRA FORTEMENTE, FUUUU... MAS, NADA ACONTECE.

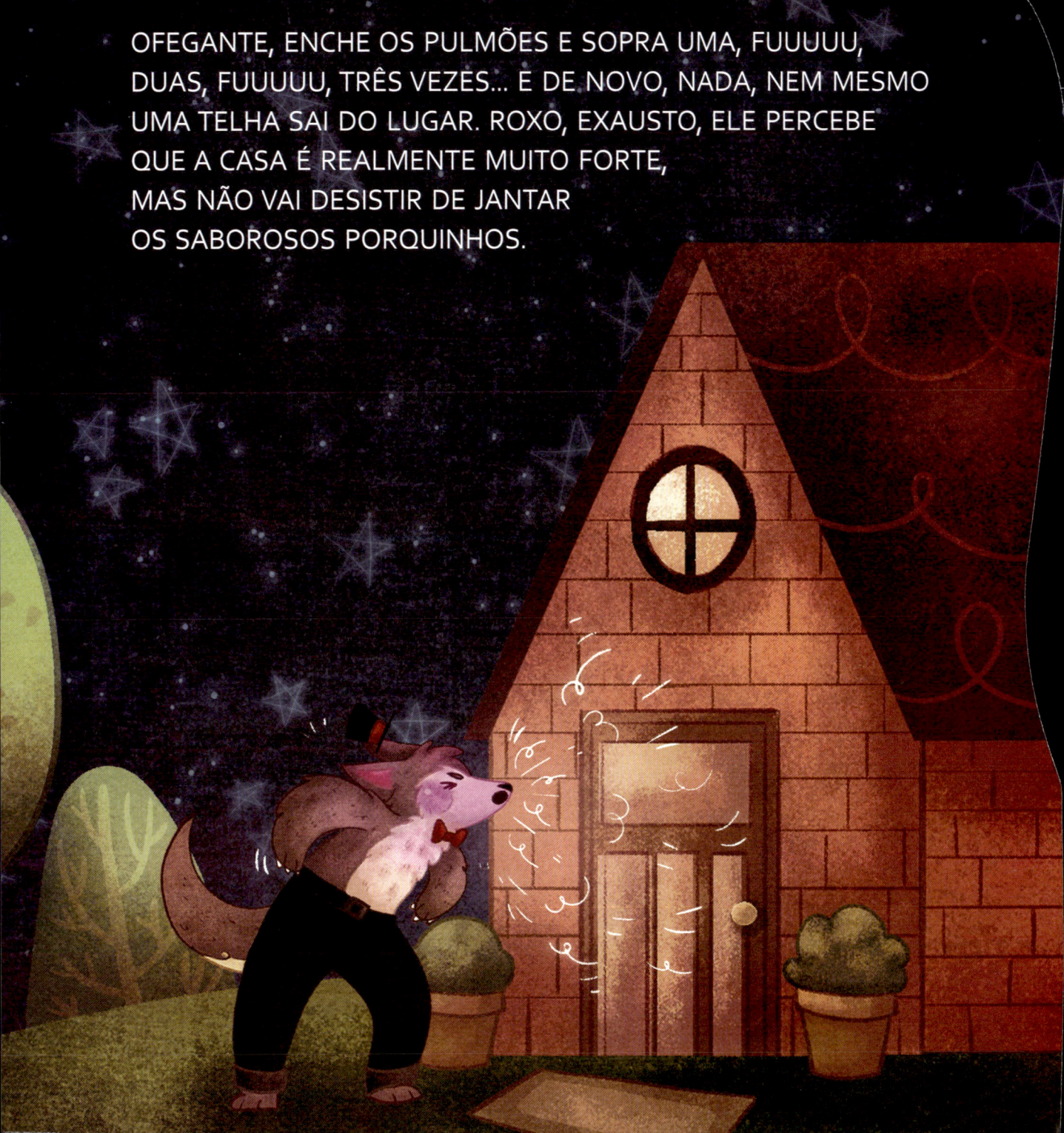

OFEGANTE, ENCHE OS PULMÕES E SOPRA UMA, FUUUUU, DUAS, FUUUUU, TRÊS VEZES... E DE NOVO, NADA, NEM MESMO UMA TELHA SAI DO LUGAR. ROXO, EXAUSTO, ELE PERCEBE QUE A CASA É REALMENTE MUITO FORTE, MAS NÃO VAI DESISTIR DE JANTAR OS SABOROSOS PORQUINHOS.

OLHANDO PARA O ALTO, O LOBO MAU TEM UMA IDEIA BRILHANTE: SUBIR NO TELHADO E ENTRAR PELA CHAMINÉ. COM CERTEZA OS PORQUINHOS NÃO ESPERAM POR ISSO E O JANTAR ESTÁ GARANTIDO!

MAS O LOBO NÃO CONTA COM A ESPERTEZA DO PORQUINHO MAIS VELHO: ASSIM QUE OUVE OS PASSOS DO LOBO NO TELHADO, ELE CORRE PARA ACENDER A LAREIRA. LÁ EM CIMA, O LOBO AJEITA O CORPÃO E DESLIZA PELA CHAMINÉ.

E É ASSIM QUE O LOBO, QUE SE JULGAVA MUITO ESPERTO, APRENDE A MAIOR LIÇÃO DA SUA VIDA. CAI NA LAREIRA ACESA E TEM QUE CORRER PARA A FLORESTA, COM O RABO EM CHAMAS, EM BUSCA DE UMA CACHOEIRA.

NÃO É SÓ O LOBO QUE APRENDE COM OS PRÓPRIOS ERROS: OS PORQUINHOS TAMBÉM ENTENDEM QUE, ANTES DA DIVERSÃO, TEM QUE VIR A OBRIGAÇÃO. DESSE LOBO NADA MAIS SE OUVIU FALAR E OS TRÊS IRMÃOS VIVERAM FELIZES PARA SEMPRE.

Título - *Os Três Porquinhos*
Copyright © Editora Lafonte Ltda. 2018

ISBN 85-8186-317-7

Todos os direitos reservados.
Nenhuma parte deste livro pode ser reproduzida por quaisquer
meios existentes sem autorização por escrito dos editores e detentores dos direitos.

Direção Editorial Ethel Santaella
Projeto e Organização Yves Briquet
Revisão Suely Furukawa
Ilustrações Carolina Studzinski

Dados Internacionais de Catalogação na Publicação (CIP)
(Câmara Brasileira do Livro, SP, Brasil)

```
Os Três Porquinhos / organização Yves Briquet ;
   ilustrações Carolina Studzinski. -- São Paulo :
   Lafonte, 2018.

   ISBN 978-85-8186-317-7

   1. Contos - Literatura infantojuvenil
2. Literatura infantojuvenil I. Briquet, Yves.
II. Studzinski, Carolina.


18-21315                                        CDD-028.5
```

Índices para catálogo sistemático:

1. Contos : Literatura infantil   028.5
2. Contos : Literatura infantojuvenil   028.5

Maria Alice Ferreira - Bibliotecária - CRB-8/7964

Editora Lafonte

Av. Profª Ida Kolb, 551, Casa Verde, CEP 02518-000, São Paulo-SP, Brasil
Tel.: (+55) 11 3855-2100, CEP 02518-000, São Paulo-SP, Brasil
Atendimento ao leitor (+55) 11 3855- 2216 / 11 – 3855 - 2213 - atendimento@editoralafonte.com.br
Venda de livros avulsos (+55) 11 3855- 2216 - vendas@editoralafonte.com.br
Venda de livros no atacado (+55) 11 3855-2275 - atacado@escala.com.br

Impressão e Acabamento:
Gráfica Oceano